KB140724

통속이 붉다 한들

시산맥 시혼시인선 039

통속이 붉다 한들

초판 1쇄 인쇄 | 2023년 11월 25일
초판 1쇄 발행 | 2023년 12월 01일

지은이 최재영
펴낸이 문정영
펴낸곳 시산맥사
편집주간 김필영
편집위원 신정민 최연수
등록번호 제300-2013-12호
등록일자 2009년 4월 15일
주소 03131 서울특별시 종로구 율곡로 6길 36. 월드오피스텔 1102호
전화 02-764-8722, 010-8894-8722
전자우편 poemmtss@naver.com
시산맥카페 http://cafe.daum.net/poemmtss

ISBN 979-11-6243-419-2 03810

값 10,000원

통속이 붉다 한들

최재영 시집

　다시, 세 번째 시집이다. 그동안 은둔해 있었을 궁극을 불러모아 다시 한 권을 묶는다. 진술의 방향은 두 번째 시집과의 연장선상이라 할 만하다. 詩를 쓴다는 것, 읽는 이와의 소통이 아닐까 한다. 생각하고 쓰는 일로 몇 해가 지났다. 적잖이 버겁다. 詩는 내게 있어 때로 망명이고 방황이었으나 또한 가열차게 응시하고 맹렬하게 외로웠음을 고백하는 나의 방식이다. 내게 와서 詩가 된 인연들 혹은 방황하는 문장들, 소중하지 않은 것이 없다. 단언컨대 가만 들여다보면 내 후생 또한 詩의 길을 가는데 주저함이 없을 것임을 안다. 詩는 詩로써 나를 견뎌냈으리니 이제 온전히 詩를 살고 싶다. 나는 늘 詩와 평행하고 싶었으므로 나의 언어도 그리 받아들이고 이해하리라 믿는다. 오늘 밤엔 어느 영험한 귀신님이라도 다녀가시기를.

2023년 11월,
최재영

■ 차 례

1부

2부

3부

4부

1부

산벚나무를 읽는 저녁

물에 젖기 위해
백 년을 걸어가는 나무가 있지요
퉁퉁 부르튼 맨발 사이로
세상의 저녁은 소리 없이 스며들고
다가오는 천년을 가만 응시하느라
나는 바싹 가물어 있었지요
간절함은 어디에도 기록할 수 없어
한 획씩 혈관을 파고 들어갈 때마다
산벚의 흰 그늘까지 움찔거렸겠지요
한 걸음 걸을 때마다
제 근원의 몸부림으로 뜨거웠을 시간들
그때의 다급한 호흡은
어떤 이의 애달픈 기록이었을까요
산벚이 거느린 골짜기들이
일제히 먹빛의 힘으로 일어서는 저녁
경판에 서려 있는 푸른 맥박 소리
온 산 가득 울려 퍼지는데
먹물보다 진한 핏빛 눈물 하얗게 쏟아지네요
오래전 생의 바깥에 등불을 밝힌 이들은

지금도 구국의 화엄을 새기고 있을까요
봄이면 경판 속의 활자들 환하게 피고 지고
짜디짠 소금기 허옇게 일어서는지
골짜기마다 산벚나무는 절뚝이며 피어나요
팔만의 꽃잎들이 봄의 한복판을 걷고 있어요

사과

붉은 사과 한 입 베어 물자
폭설이 쏟아진다
시린 이를 움켜쥐고 어쩔 줄 몰라 하는 사과
우물우물 달큰한 육즙이 스며드는 사이
북극의 빙벽이 와르르 허물어지고
사과는 전혀 사과할 줄 모르고
씨방 안의 씨앗을 빼내면
아찔한 현기증과 함께
밤하늘 별자리처럼 돋아나는 사과들
계속해서 사과를 베어 물면
누구나 쉽게 순간이동을 할 수 있지
반대쪽의 국경이 순식간에 사라져 버리고
좌우가 뒤바뀌고
북극과 남극이 데구루루 굴러가고
썩은 이와 사과가 한데 엉켜
입속의 세계를 진즉부터 조작하였던 것
사과가 걸어온 길
사과를 위해 찾아오는 길
미안해요, 아무리 손을 내밀어도

사과는 사과를 모르고
끝까지 서로의 표정을 읽을 수 없는데
낮과 밤이 굴러간다
잘 익은 붉은 지구가 굴러간다

꽃이 피는 사이

한나절 봄볕이 열리자
호접몽을 기억하는 나비 한 마리
부풀은 봄날을 통과하는 중이다
숨 가쁜 호흡에 허공이 접혔다 펼쳐지고
그의 날갯짓을 바라보느라
눈 깜짝할 새 백 년이 지나버렸다
한 허공이 지나고 호흡만 남았다
그동안 꽃나무에 기대어 있던 당신은
이마에 깊은 흉터를 새겼던가
흉터란 뜨거운 시절의 들끓는 내면이어서
자꾸만 당신을 맴돌던 나비의 몸에도 상처가 깊다
하나의 시제가 열리고 닫힐 때마다
욱신, 꽃이 피고 지는 이 간격을
한 우주의 격렬한 통증이라 부르겠다
단 몇 초 만에 한세상이 사라지는데
당신은 여전히 나비와 희롱하고 있다
나비에게 당신은 이미 당신이 아닌 것
조금 전의 떨림도 이미 존재하지 않는 것
한 겹 경계를 허물고 들어서면

후드득, 봄은 저만치 밀려나 있고
한 계절이 순식간에 지고 말았다

갈등葛藤

　풀초 변을 머리에 두었으나 성질은 나무에 이르러 잘 베어지지 않는다 견고한 용틀임을 뽐내며 감아올려 가는 비법으로 일생을 풍미하니 누구도 감히 그들과 공생하기를 꺼려한다 공공연한 비기로 인해 기대고 의지하던 것들을 초토화시키니 배은망덕도 유분수라 했던가

　난세에는 간사한 꽈배기 병법이 더 통하는 법 갈葛이 한 번 오르면 등藤이 뒤질세라 덮어버리니 그 용렬함에는 선후가 없다 그리하여 배배 꼬인 자들의 우상이라 할 만하다 칡은 말로 감싸 안으며 옥죄이고 등은 달을 곁에 두어 방패막이로 쓴다 서로 기온 차가 컸던 것일까

　뜨거운 방점 하나 찍으려 해도 마땅한 혈자리가 없으니 풀이 질기다는 옛말의 근원이다 기어이 어느 지점에서는 서로 폭발하여 얼굴 보기를 원수같이 하니

갈등이 창궐하는 세상이 도래한 것은 아주 오래전 일
이다 이는 서로의 필법이 다른 까닭이다

꽃뱀 I

온몸에 화사한 맹독을 그리는 중이죠
밤마다 독기를 품느라
달빛은 점점 야위어가요
불길한 예감도 없이 혀끝은 갈라져
유혹과 미혹 사이를 수없이 방황해요
하필 꽃이어서 서러운 기다란 슬픔의 내력
저기 어리숙한 대머리 어슬렁거리네요
먹잇감은 단호하게,
치사량의 눈웃음은 봄날 깊숙이 파고들고
오죽하면 꽃뱀이겠어요
내 사나운 독니로
당신의 남은 생을 칭칭 휘감아 줄게요
꼬리에 꼬리를 무는 의심 따위는 던져버려요
꽃보다 현란한 내 혀는
달빛을 우러르며 백일치성을 드려요
곱디고운 미끈한 몸을 둥글게 말고
맨몸으로 기어야 하는 치욕을 벗어야 하죠
아무리 허물을 벗어도 죄는 지워지지 않는데
죄의식 말고는 더 이상 뜨거워질 게 없는,

오죽하면 꽃뱀이겠어요

사악한 문장 한 줄

눈 깜짝할 새 휙, 스쳐 가는 것 보셨나요

꽃뱀 II

혀가 악의 근원임을 모르는 게 분명하다
부장 하나쯤 요리하기는 식은 죽 먹기라는 여자
추임새 하나 필수로 추가해야 한다며
슬며시 윗단추를 풀어놓는다
여자는 천성이 볼품없는지
늘 킁킁거리며 간을 보곤 하는데,
어리숙한 맛은 기가 막히게 알아채는지라
걸려든 사내가 한둘이 아니라는데,
갈라진 혀를 쉴 새 없이 날름거리며
사내들 사이를 오가느라
꼬리가 밟히는 줄도 몰랐다는데,
밟히자마자 잘린 꼬리는
무럭무럭 또 다른 거짓을 키우는 중이다
제 영특함의 근원이 꼬리라고 믿었는지
늘 앞뒤 분별없이 흔든다는데,
하긴 애초부터 몸의 전부가 꼬리였으니
일생을 똬리 트는 데 골몰할밖에
밤이슬 흠뻑 맞는 날이면
밤새 현란한 혀를 뽐내느라

날이 새는 줄도 모른다는데,
아뿔싸!
서로 갈 길이 바쁜 두 개의 혀
늘 안절부절 팽팽한 불협인 것을
놀릴수록 완전한 패착인 것을,
밤마다 피어나는 여자의 혀가
꽃보다도 뜨겁다

토마토

새빨간 거짓말은 내게 맡겨요
오전과 오후가 빨갛게 익었잖아요
겉과 속이 똑같으니 믿음직스럽지 않나요
세상의 거짓을 모조리 키우는 중이거든요
표리부동하지 않을 것
한 계절 내내 우리들의 좌우명이죠
통속이 붉다 한들 나만 하겠어요
처음부터 끝까지 한결같은 형태는
누구도 흉내 낼 수 없는 매력이죠
최근엔 내 모습을 흉내 내느라
여기저기서 추파를 던지기도 하지만
어림없는 일이죠 크기부터 압도적인걸요
완숙이란 더 이상 붉어지지 않을 때까지
속울음을 익혀야 하는 법
울음의 끝은 메마른 줄기로 마무리해요
오늘도 나를 지나는 태양은
걷잡을 수 없이 맹렬해지네요
그야말로 감정에 충실하다는 증거죠
어때요 감쪽같이 익어버렸죠

당신, 붉은 것에 대해서는 아직도 회의적인가요

제발 나를 좀 믿어주세요

완벽한 불신을 완성해 드릴게요

백 년의 사원

꽃 한 송이가 사원이다
몸 안에 주렁주렁 사원을 매달고
백 년을 걸어가는 한 그루 꽃나무
경건한 꽃들의 언어를 파종하느라
허공엔 새들의 날갯짓도 분주한데,
당신은 바람으로 떠도는 문장이어서
주름진 편린마다 꽃을 참았던 흔적 역력한데,
길목마다 당신의 향기로운 입술이 피고 진다
한순간도 폐허인 적은 없었다고
꽃이 지는 순간 또한
나직하게 경문을 읊조리는 것이라고
꽃의 심장을 여닫는 열락의 순간들, 황홀하다
누군가 삭풍으로 다녀가시는 어느 날엔가도
그윽하고 웅장한 사원엔
사태 지는 소리 한 채씩 눈부시게 파묻히고
나무의 한복판을 관통해가는 울림에
봄날은 다시 백 년의 문장으로 피어나는 중이다
경배를 올리듯 사뿐히 다녀가시는 어떤 손길은

잠시 묵념하듯 사원 기둥에 저녁을 밝혀두고
평생 발설치 못할 성소를 꿈꾸는지도 모른다

옹기

언제부터 이곳에 있었는지는 기억나지 않아요
인품 좋은 종갓집 장독대에서
반질반질 몇 해를 보냈는지 알 수 없어요
미세하게 실금을 틔우고 아무것도 담을 수 없을 때
칠흑 같은 어둠과 고요만이 남게 되었죠
도저히 종잡을 수 없는 간극이었으나
내 안은 혈색 좋은 도화빛 꽃잎이 돋아나기도 했어요
감히 가늠할 수 없는 시공을 넘나든 까닭이지요
덕분에 나는 아름다운 몇 날을 뒤척여
안팎 온몸이 간지러운 듯 새들을 불러들이곤 해요
이제 봄을 기억하는 건 내가 아니라
내 안에서 피고 지는, 아직도 나를 관통해가는 세월이죠
이제야 알게 되었어요
대를 이어가는 건 화려한 혈통만이 아니라는 것을,
내 안에서 부풀어 오르던 달빛도 서서히 금이 가기 시작
하고
제집처럼 드나들던 바람도 슬슬
이 빠진 소리로 흥얼거리는군요
나는 앞으로 몇 번의 호시절을 더 노래하게 될까요

나의 달빛은 강물처럼 흘러 어디에 가 닿을까요
수천의 봄날이 지난 뒤에
수줍은 새색시 가슴처럼 혼미한 숨결로나
만나볼까요, 우리

주머니

문득 물컹한 물체가 잡힌다
언제부터 따라왔을까
어두운 주머니 속을 밝혔을 꽃잎 몇 장
꺼내 보니 합장하듯 포개져 있다
지난 며칠 내 행적을 고스란히 엿보았을 터
주머니 속에 들어앉아 시간을 저울질했는지
해가 가는 쪽으로 기울어졌다
그러고 보면
안과 밖의 은밀한 내통으로 세상은 돌아간다
돌고 돌아 지구는 끝이 없고
꽃잎의 혈맥은 단호하여
시간의 중심을 뚫고 낙화하는 잎새에서
하루해가 기울고 한 세계가 만발한다
한낱 꽃이 피는 일도 지는 품새도
사람의 한 생과 같다는 걸
뜨겁게 피워내고 비워내기를 반복한다는 걸
끝내 맑은 눈물로 빛난다는 걸
주머니는 미리 알고 어두워졌을까
뻔한 주머니 사정을 안고 돌아가는 저물녘

하루해를 끌고 가는 꽃잎 몇 장 휘날린다
축축하게 젖어 늘어진 볼품없는 주머니들

등나무, 5월

등나무 아래 노파 몇 앉아 있네요

그들을 배경 삼아 등나무는 더욱 환해져요

전성기의 무용담을 펼치는 동안 화르륵 등꽃이 피어나고

절정의 한때를 읊조리는지

남쪽으로 휘어진 가지는 5월을 불러들이는군요

등꽃의 내부를 기웃거리던 난봉꾼 바람이

어설픈 휘파람을 불고 지나가자

노인들의 얼굴에 주름 가득 화색이 돌아요

무심코 떨어지는 순간도 극렬한 몸짓이거늘,

듬성듬성 빠진 치아 사이로

보랏빛 그늘이 일렁거리고

늙은 꽃의 체온이 서서히 높아지고 있나 봐요

열병처럼 번져가는 향긋한 속삭임들

물오른 절정이 어디 한 번뿐이겠어요

줄기는 비틀어져도 오래 남는 법

다시 피어나는 봄날을

누구도 탓할 수는 없잖아요

지금 그들은 한창 5월을 낳는 중이래요

노쇠하여 억센 등꽃 줄기들 입을 모아

나, 뜨거운 한 시절이어요

지심도[*] 동백

바람 든 행적으로야 어디 그리
지고 말았겠습니까
풍문 듣고 달려간 그곳에서
당신은 늑골마다 피멍을 피워냈지요
꿈같은 길을 걸어 당신에게 이르는 길은
마치 형장으로 걸어가는 것처럼
하늘과 땅이 모두 붉어, 붉어서
하냥 섬뜩하게 향기로웠으나
야음을 틈타 날아든 비보에
그예 길마다 뚝뚝, 붉은 한숨 내뱉었지요
어느 한순간도 당신께 닿지 않은 적 없는데
지심도에 들어 하염없이 바라보는데
마음 심心 자 품어 안은 형세를
눈물 젖게 바라본들 그 마음 얻기나 하려나요
마음 다해 지극한 지심도 동백 앞에서
파도의 격랑 겹겹이 뜨거운 시절인 것을
하여 당신에게 이르는 길은 바다의 내륙으로
한없이 깊어지는 길임을
내사 꿈에라도 알기나 했던가요

막다른 길목에 이르러

망설임도 없이 저리 뚝뚝

붉은 목 비틀고 마는 것을,

　* 지심도(只心島) : 거제도 소재의 작은 섬으로 전체가 동백나무
로 뒤덮여 있으며 마음 심(心) 자 지형을 하고 있다.

봄날의 백숙

꽃잎이 폭설처럼 휘날리는 봄날
거리 한복판에 둘러앉아 닭백숙을 먹는다
속까지 흐물흐물해진 벚꽃이
봄을 끌고 예까지 왔다
서로 닮은 얼굴들이 서로의 내력을 훑어보며
후루룩 쩝쩝거리는, 봄날은 간다
날개를 먹으면 저 꽃처럼 날 수 있을까?
팍팍한 가슴살은 언제나 엄마 몫이다
날개를 파닥거리며
기를 쓰고 날아가는 아버지
목이 멘 엄마는 가슴을 움켜쥐고
꾸역꾸역 가파른 시절을 삼킨다
길 끝에서 허연 닭 모가지의 새벽이 운다
쫀득한 갈빗살을 뜯으며
염치도 없이 덩치만 키우는 어린 새끼들
냄비 바닥을 싹싹 비워냈지만
아무도 날지 못했고
엄마 뒤를 쫓아 뒤뚱뒤뚱
처연한 닭 다리들만 팍팍한 봄날을 걸어간다

기울어진 어깨 애써 치켜세우며

꽁지가 빠지게 달아나는 벗 · 꽃 · 잎 · 들

갈매기식당

파도가 철썩이며 제일 먼저
눈도장을 찍었나 봐요
금이 간 유리창에
파도의 지문이 선명하거든요
이때쯤이면 끼룩거리는 갈매기는
식당으로 노을을 퍼 나르느라 분주하고
정신없이 우왕좌왕하던 파도도
조금은 점잖아진 것 같군요
자꾸만 복받치는 감정을 정리 중인 게지요
문틀이 틀어진 식당 문은 삐걱인 지 오래
힘겹게 들어오는 손님들은
죄다 비릿한 사연을 풍기고 있죠
모두 바다와 한통속이라는 뜻일까요
누군가 접시 위의 노을을 한 점 집어
매콤새콤 초장을 찍는군요
순간 입안으로 확 퍼져가는 파문들
간밤에 슬그머니 야반도주한
한 쌍의 괭이갈매기 얘기로 떠들썩해요
소문은 삽시간에 돌기 마련인지

굽이굽이 망망대해가 펼쳐지고
멀리 느슨해진 수평선이
갈매기식당의 수위를 조절하고 있네요
산전수전 다 겪은 문짝만이
쉴 새 없이 덜컹거려요

학동 몽돌 해변에서

학이 비상하는 소리였을까
달빛 머금은 검은 돌들이
밤새 달빛을 토해내는 소리였을까
숨넘어가도록 차오른 파도는
물거품 부글거리는 생의 내륙까지
막무가내 제 속내를 들이미는 중이다
달빛을 베고 날아오르는 학은
몽글몽글 돌 부딪는 소리를 물어 나르며
멀고 먼 시간 속을 항해하는지도 모른다
태초 이래 두근거리며 열고 닫힌 해안선
간밤에도 젖은 눈을 감았다 치켜뜨는지
무수한 물방울이 튕겨 오르고
밤이면 수천 개의 별들이
멀리 은하까지 해안선의 표정을 타전한다
흑진주 몽돌은 수억 광년 떨어진 별들의 흔적이다
깊어진 연륜을 다독이며
젖은 날개를 터는 학 한 마리
마침내 눈부신 비상을 시작한다

* 학동 몽돌 : 거제시 동부면 소재. 지형이 학이 비상하는 모습과 흡사하며 해변의 돌이 동글동글하여 몽돌이라는 이름을 갖는다.

2부

꿈꾸는 폐선

족히 몇 년은 되었을걸요
국도변 한 켠에 붙박인 채
노을이 닻을 올리면 감쪽같이, 환해져요
한적한 국도변에서 등대처럼 깜박이는 낡은 목선 한 척
망망대해를 꿈꾸는 중이죠
그는 아직도 만선을 꿈꾸고 있을까요
지나던 바람이 건들건들 속을 뒤집고 가네요
출항 준비는 짧을수록 좋은 법
우물쭈물하다가는 어설픈 승객마저 놓치기 십상이거든요
묵정밭 불법거주자 망초 무리까지 합세해
창문마다 노란 알전구들이 밤새 출렁이고
노을을 이끌고 찾아든 새들은
서로의 젖은 눈을 응시하느라
회항하는 길을 잃어버릴지도 몰라요
정규항로를 이탈해 밤에만 피는 달맞이꽃은 만년 고객
바람이 거셀 때면 낡은 목선이 제풀에 기우뚱거려요
버려진 고양이들은 언제나 무례한 침입자랍니다
하긴 외딴 항구에나 가 있을 법한 음산한 폐선에
화려한 장미나 고귀한 난蘭이 가당키나 하겠어요

언제부터 이곳에 정박했는지는 아무도 몰라요
간혹 안개 무리가 몰려와 유령선을 이끌고는
밤새 먼 바다를 항해하는지도 모르지요

명옥헌별자리

원림에 드니 그늘까지 붉다
명옥헌*을 따라 운행하는 배롱나무는
별자리보다도 뜨거워
눈이 타들어 가는 붉은 계절을 완성한다
은하수 쏟아져 내리는 연못 속 꽃그늘
그 그늘 안에서는 무엇이든 옥구슬 소리로 흘러가고
어디선가 시작된 바람은 낮은 파문으로 돌아와
우주의 눈물로 화들짝 여울져 가는데,
기어이 후드득 흐드러지는 자미성紫微星**
연못 속으로 어느 인연이 자맥질해 들어왔나
문이란 문 죄다 열어젖히고
한여름 염천에 백 리까지 향기를 몰아간다
그 지극함으로 꽃은 피고 지는 것
제 그림자를 그윽이 들여다보며
아무도 본 적 없는 첫 개화의 우주에서
명옥헌별자리들의 황홀한 궤도가 한창이다
한 생을 달려와 뜨겁게 피어나는 배롱나무
드디어 아무 망설임 없이 안과 밖을 당기니
활짝 열고 맞아들이는 견고한 합일의 연못

눈물겹게, 붉다

* 명옥헌(鳴玉軒) : 전남 담양군 소재. 조선 중기 오이정이 세움.
계곡물 흐르는 소리가 옥구슬 소리 같다 하여 명옥헌이라 함.

** 자미성(紫微星) : 자미는 백일홍 나무, 배롱나무라고도 하며
하늘의 은하수를 본떠 명옥헌 연못 주위에 28그루의 배롱나무를 심
었다고 함.

배롱나무

여자는 간지럼을 잘 타는 이였습니다
한여름 염천을 지나며
뜨겁게 피고 지기를 수십 해
자미라는 어여쁜 이름으로
한 계절을 풍미하고 있지요
밤새 먼 별자리들과 내통하느라
아침부터 화들짝 쏟아지고 있는데요
그녀의 최고의 덕목은
백 일 내내 한 번도 찡그리지 않는다는 것이죠
간밤엔 백 리 밖까지 마실을 나갔다 왔는지
온통 벌 떼같이 달려들어 수군거리지 않겠어요
그걸 아는지 모르는지 바람은
하루종일 불콰한 얼굴입니다
아마도 그녀의 수다스러운 고백을 듣고 만 게지요
담장 안을 훔쳐보는 사내들의 오가는 입김에도
그만 소스라치게 자지러지고 마는 배롱나무
열흘 붉은 꽃이 없다는 건
명명백백 거짓말이죠

그녀는 지금도 두근두근
백 일을 피고 지는 중입니다

화살

오래전 시위를 떠난 화살
단 한 번의 명중을 위해
한 세상을 거느리고 날아간다
산맥을 넘으며 뜨거운 호흡 한 줌 내뱉는지
한동안 휘청거리는 시공
날아가는 내내 긴장의 필살기가 펼쳐지고
이쪽 세상을 당겨 저쪽에 닿는 순간
화살이 지나는 곳은 모두 과녁이 된다
어떤 집중은 일파만파 파랑을 일으키고
어떤 고요는 과녁을 향해 돌진하는 맹약이다
궁수의 간절함을 좇아 시공을 가르는 화살촉
이쪽과 저쪽의 간극으로
꽃잎이 피고 지고 폭설이 휘날린다
제멋대로 부는 바람에도 정해진 길은 있는 법
이미 떠나온 활시위는 아직도 부르르 떨리는데
정점을 향해 뜨겁게 달려온 한 시절
밤을 새워 국경을 넘어도
곧은 속내는 한 번도 빗나가는 법이 없건만

시간을 끌고 온 화살 끝이 적막하다
화살의 기원이 명 · 중이었던가

우저서원牛渚書院*에서

말발굽 소리 다급하게 울리고
사내의 눈시울이 붉다
격문을 돌리는 소리였던가
간밤 뒤란 대숲에선
격렬하게 바람이 일었느니
달빛은 고요히 머물지 못했나니,
어둠이 깊을수록 의혹은 더욱 맹렬한 법
길은 보이지 않는데 우왕좌왕 밤이 길다
조당에서 허언이 난무할 제
보이지 않는 길을 뚫고 나아가는
피 끓는 병사들
애달픈 밀서들
수백 년의 간극을 지나 내게로 와 닿는
한 점의 혈서들
이제야 나는 역사의 한 장을 읽어낸다
필사의 혈투가 벌어지는 내륙을
나는 아무런 결의도 없이 건너왔는가
글자의 행간을 짚어낼 때마다
피로 물든 순간의 기록이 아프게 파고든다

예감도 없이 봄날은 기울어 가는데
칼을 높이 치켜든 사내의 눈동자에서
저 켠의 이름 없는 꽃 한 송이 또 피었다 스러진다

* 우저서원 : 조선 중기의 문신이며 임진왜란 때 의병장으로 활동
한 조헌의 학문과 덕행을 기리는 사당. 인조 26년(1648)에 건립되었
고, 숙종 1년(1675) '우저(牛渚)라는 사액을 받았다. 소 먹이는 물가
라는 뜻.

붉은,

노을이 안마당까지 들어와 판을 벌린다
기왕지사 엎질러진 한 시절이라고
파도는 후렴구를 되풀이하며 울컥거리고
새 떼들 제 안의 깊이를 가늠하며
붉게 젖은 가슴으로 한 생을 횡단해간다
어쩌면 당신에게 이르는 길은 끝없는 항해와 같아서
세상의 모든 저녁을 건너가야 할지도 모른다
노을이 툇마루에 걸터앉아
파도가 밀려드는 긴 눈썹 같은 해안선을
생의 내륙까지 밀어붙인다
소금기 가득한 자서전을 기록하는 내내
잠시 감았다 풀어지는 눈꺼풀의 기척만으로도
해안선은 밤새 뜨거울 것이다
새들의 노래를 끊임없이 분만하는 물거품
붉음이 아니고서는 누구도 이곳을 통과할 수 없으리
새들은 침잠하려는 노을을 거두어 돌아가고
각혈 같은 울음을 지나 보이지 않는 곳까지
서로 눈물겨운 호흡을 주고받으리
온통 붉은 울음 범람하는 바닷가

그리하여 눈시울 붉힌 해안선을 읽어내느라
새들은 기어이 환상통을 뱉어내는 중이다

버드나무 여인숙

강가에 버드나무 한 그루 늘어져 있네
제법 터줏대감 흉내를 내느라
오가는 모든 계절을 불러들이는데,
요염한 달빛이 창백한 낯빛을 들이대네
숙박부를 기재하며 힐끔, 곁눈질에
속내까지 죄다 들키고 말아
버드나무는 찍어 올린 수심의 깊이를
구구절절 읊어대네
강변 한 켠 얻어사는 행색으로야
그리 푸르를 일도 아니건만
수시로 낭창거리며 흐느적거리네
몸을 뒤섞은 바람은 시치미 뚝 떼고
벌써 저만치 줄행랑인데
사연 없는 투숙객은 없다고
간혹 풀피리를 불어대는 통에
소문은 삽시간에 일파만파 번져가네
저녁노을이 잔물결로 서성이는 강변에
흐릿한 등불 하나 내걸었는지

허름하고 낡은 문짝 삐걱대는 소리 요란하네
만삭의 달빛이 버드나무를 기웃거리네

도마

양날의 칼날을 받아들 때마다
옹이의 선명한 무늬가 파르르 떨린다
눈부신 봄날의 기억 반대쪽에선 폭설이 휘날린다
태양은 일찌감치 서쪽으로 자리를 잡았는지
도마 한 켠에 붉은 동심원을 남겨놓았다
새들의 둥지도 거기 어디쯤일 것이다
저녁은 칸칸마다 불빛을 밝혀놓고
세상의 모든 밤을 불러들인다
총총 칼질하는 순간
옹이의 틈새마다 일렁이는 잎새의 푸른 행적들
도마는 물결무늬 자지러지게 비명을 질렀던가
편백의 기억이 온몸으로 퍼져나가
초록의 바람을 일으키고
나는 후생의 소용돌이를 지나는 것 같아
한 겹 문을 열고 들어가 본다
나이테의 궤적을 따라
나무의 전 생애를 들여다보는 일
간혹 멀리 지나는 바람의 행로까지
미세하게 떨려오는 저녁의 한때

64

기억조차 아슴한 어린 숨결 하나
고요히 가부좌 틀고 앉아 나를 바라본다

젖은 길이 다 환하고

물속에 잠겨 있던 사원이
수십 년 만에 모습을 드러냈다
물결을 가다듬고 다스리느라
조금씩 제 살을 내주었는지
허물어진 기둥 사이 순하게 엎디어 있는 물풀들
하늘과 호수를 품고 종이 울릴 때마다
물속 젖은 길이 환하게 수면을 가른다
간절한 기도와 종소리를 움켜쥔 새들은
노을 지는 저녁까지 온통 붉은 종소리를 실어 나르고
허공 가득 경건한 물무늬를 그려낸다
물 밑을 횡단하는 새들의 군무도 잦아들 즈음
사원의 눈부신 음률을 나이테처럼 두르고
물속 젖은 길이 다 환해지는 때
호수는 깊은 하늘을 품어 안는다
물고기인지 새 떼인지
경전 한 구절씩 입에 물고
저녁의 집으로 돌아가는 길
소문을 듣고 멀리서 찾아오는 이들이
두 손 모아 합장하고 있다

그들의 바람이 아득히 퍼져나가고
이곳에서는 누구나
물속 사원의 전설을 노래한다
수시로 물의 늑골이 욱신거리는 완벽한 폐허를

분청사기철화어문병*

여러 번 흙을 구워 물고기 한 마리 들인다
물을 다듬어 균형을 잡고
물결을 가두어놓기를 수백 년
물의 흐름을 기억하는 물고기는
한쪽으로만 감기는 물살을 따라
수수만년 시간을 저울질한다
날카로운 주둥이는 호시탐탐
수면 밖을 노리고 있다
위로 올라갈수록 거세지는 소용돌이
그 힘에 놀란 물이 한쪽으로 엎질러진다
소용돌이를 빠져나가는데 한 세기가 지나가고
천년을 휘감아 돌아도 물결을 풀지 못한다
계룡산 골짜기까지 올라온 물고기 한 마리
어디서부터 밀려왔을까
때로 바다를 꿈꾸는지
어문 병을 기울일 때마다 파도를 쏟아낸다
그럴 때마다
수평선을 당기는 바람은 급류 쪽으로 쏠리고
시공을 거슬러 오르느라

입구는 가파른 경계에 닿아 있다
생½은 수없이 위험수위를 넘나드는 것
물길은 불길보다 뜨거운 협곡이다

* 충남 공주시 학봉리에서 출토한 물고기 문양의 분청사기.

바담바람

아비는 자꾸 오른쪽으로 치우쳐 걷는다
나는 그런 아비를 한사코 비켜 걷는다
옆으로만 걷는 갯벌의 게처럼
바람인지 바담인지
어느 쪽도 치우치지 말라고
양 눈을 모아 힘을 준다
그때 아비의 눈은 어느 쪽으로 치우쳤을까
생은 기어이 가야만 하는 거라고
길을 나서는, 길 떠나는,
바람의 아비들
아버지, 어디가 앞쪽이죠
아무리 똑바로 걸어도
길이 자꾸 엎질러지는 걸요
게거품을 물며 악을 써댔지만
아비의 기울어진 행로는 바뀌지 않는다
아비에게 길은 고행이었을까 고향이었을까
바담바담 아무리 애를 써도
자꾸만 저만치 물러서는 바람들
기우뚱한 채로 땀 뻘뻘 허우적거리며

바람 앞의 등불을 피워내는
가여운 존속의 행렬은 끝이 없으니

퍼즐 속의 하루

동쪽을 잃어버렸다
하루를 어떻게 시작하면 좋을까
푸르스름한 조각 하나를 꿰맞추자
눈부신 아침 해가 수평선에 걸린다
각이 진 모서리는 꼼꼼하게 채워 넣어야
사방에서 불어오는 외풍을 견딜 수 있는 법
자칫 틈새를 잊고 지나친다면
하루 온종일 꼬여버리기 십상이다
중심을 든든하게 세우는 게 생의 관건
저쪽에서 불어오던 바람이 틀에 갇혔는지
숲속 나무들은 미동조차 없다
오전을 완성하는 사이
본격적인 일정들이 궤도에 오르기 시작한다
오후의 표정은 다채롭다
쉴 새 없이 달리는 자동차와
건물 사이를 분주히 오가는 사람들
어깨를 움츠리고 저녁으로 기울어가는 사내들
따뜻한 불빛만으로도 긴장이 풀리는지
저녁의 퍼즐은 다소 취기가 올라 있다

잃어버린 동쪽은 끝내 찾을 수 없다
산다는 건 조각 하나하나 촘촘히 맞춰가는 일
찾지 못한 편린 때문에 밤의 한 지점이 흔들리고
균형이 맞지 않는 나는 여전히 기우뚱하다

연리근 I

백년가약을 맺었던가요
보름달 둥두렷 떠오른 밤
정한수 한 사발에 기대어
누구도 범접 못 할 사랑을 키웠던가요
그 가없고 깊은 마음 헤아려
험준한 산맥과 폭설을 뚫고
숨 가쁘게 달려온 광활한 정상
아, 가슴 벅차게도
우린 한눈에 서로를 알아보았던 거죠
사람들은 우리를 보며
영원한 사랑을 맹세해요
살다 보면 뿌리 깊은 회한이 없겠는가마는
봄이면 알 수 없는 두근거림에
그만 속수무책 열꽃을 피워내곤 했지요
한꺼번에 쏟아지는 지상의 향기에
마디마디 박힌 굳은살도 어느새 부드러워지곤 해요
간밤에도 푸른 달빛이 다녀가고
가지마다 충혈된 꽃눈이 벙글었어요
천년이 지나도록 서로를 기억하는 뿌리는

끊임없이 어둠을 밀어내며
부단히 길을 내고 있었던 게 분명해요

연리근Ⅱ

천년을 걸어야만
결실을 맺는 사랑이 있다
연모로 휘달려 온 능선에
칼로도 베지 못할 사랑 하나 자라고 있다
아주 오래전부터 서로를 찾아내느라
온몸의 촉수를 열어젖혔으리라
그때 온 우주가 그들을 에워싸고
뜨거운 온기를 보냈으리라
뿌리를 뻗는다는 건
천년의 기억을 다잡아 두는 일
온달의 간절한 그리움도
평강의 애달픈 바램도
뿌리를 찾아 헤매었던 것일까
내재한 유전으로 경계를 넘고
국경을 건너가는 뿌리들
마디마디 박혀 있는 옹이는
뿌리가 키워내는 더듬이일 것이다
전생에서 이곳까지

숨 가쁘게 달려온 연리근
다시, 백년가약을 맺는 중이다

목련 눈

목련꽃 환하게 골목을 밝히느라
잎눈 터지는 탱글탱글한 함성
한밤에도 저리 형형한 걸 보니
분명 한 송이 등불을 품고 있을 게다
가지마다 처연한 심지를 돋운 채
잎이 벙그는 소리 골목에 가득한데,
목련 나무는 새로이 늙어가고
노인은 지나가는 봄날을 다 읽지 못한다
곡소리 낭자하게 피고 지는 때
조등 활짝 피워낸 골목을
달빛 휘황하게 쓸고 가는 봄밤을
목숨 걸고 지켜보는 목련이여
노인의 눈먼 옛사랑도
어쩌면 이리 쓸쓸하였는지,
수많은 잎들이 야광처럼 빛나는 밤
반대편 가지에서 한 잎의 등이 툭, 지고 있다
눈이 감긴다

3부

코스모스[*]

속없이 흔들리기만 하는 게
어디 제 본심이겠어요
흙먼지 뒤집어쓰고 앉아
손 흔드는 게 할 일이라고는 하지만
오는 이 가는 이
마음 살피는 게 쉽기만 하려구요
오래전 아득한 혼돈 속에서
우렁찬 굉음과 함께 우주가 열릴 때
심장이 까맣게 타들어 간 기억으로
매 순간 철렁이며 피어나는 걸요
태초 제일 먼저 눈을 뜨자마자
하늘을 밀어 올리느라
야윌 대로 야윈 걸 어쩌겠어요
덕분에 솜털 보송한 말간 입술 내밀며
흔들리면서 가을 길을 내고 있지요
어떤 연애는 나와 함께 피어나
수시로 흔들리기를 반복했다죠
뭐든지 흔들린다는 건 중심을 잃었다는 것
미덥지 못하잖아요

바람은 떠나보낸 것들을
다시 되돌려 놓는 법이 없거든요
때문에 어디서나 무리 지어
떼창**을 하는 건지도 몰라요

* 코스모스 : 신이 가장 먼저 만든 꽃이라 함.
** 떼창 : 합창의 순우리말.

모루

세상 모든 칼날이 나를 지나갔다
섬뜩이는 담금질을 수백 번 통과해야
제대로 된 칼맛을 느낄 수 있다
쇠 비린내가 몸속까지 파고든다
무쇠의 깊은 곳에서 발화하는 불꽃은
사내가 완성한 피안의 검법일까
쩌렁쩌렁 울리는 쇠 울음소리에
바람은 멀리서부터 흩어지고
저 켠 대숲을 서성이던 살기 흔적 없이 사라진다
서늘한 달빛이 먼저 와서 휘감긴다
수백 년 망치질로 단련된 내게도
자웅을 겨룰만 한 야장은 고대하던 맞수다
쇠는 쇠로 맞서야 하는 법
야장의 망치질 소리 밤새 울려퍼지고
드디어 뜨겁고도 예리한 검화劍花 한 송이 피어난다
향기로운 궤적에 도달하는 순간이다
몇 생을 단칼에 평정할
번뜩이는, 질풍노도의 칼날이 획을 긋고 지나고
순결한 불꽃으로 허공을 다스리는 사내

세상 모든 쇳덩이는
모루를 첫머리에 둔다는 후문이다

좋은 날

볕 좋은 날 창호지를 바른다
문살에 붙은 종이를 떼어내자
방 안쪽 소곤거렸던 밀담이 수줍게 드러난다
잘 바른 풀칠의 결마다
햇살 자국 우툴두툴 일어서고
빛바랜 문살 사이로 소슬바람이 일렁인다
창호의 중심에 꽃잎 몇 장을 덧붙인다
눈길을 당겼을 화사한 한 시절이
격자 창살 틈에서 절정을 맞는 순간이다
마당 한복판에서 한껏 팔을 벌리고
씨앗이었던 기억까지 죄다 불러내
팽팽하게 당겨지는 꽃잎들
한 번 더 물을 뿜어내자
물기 머금은 시절들 바람결대로 살아나
검버섯 핀 여자의 얼굴이 붉게 달아오른다
슬쩍 바람이 켜고 지나가는지
꽃잎 사이로 여자의 한 생이 지나고
수줍던 날들이 화안히 피었다 진다
생의 중심에 한 번도 서 보지 못한 여자가

겨울 입구를 향기롭게 밝혀놓는다
폐허에 꽃 물살이 돋고 있다

무릉도원

봄은 한 그루의 무릉도원이 아닐는지요
복사꽃 만발한 과원을 지나다
계절을 솎아내는 사람들을 마주해요
그들의 손놀림이 수많은 나비 떼 같아서
한 시절을 접었다 펼치는 날갯짓 같아서
순간 시큼한 땀 냄새가
온통 아득한 단내를 피워내고 있어요
나무에 걸쳐놓은 사다리는
고되지 않아도 과즙 뚝뚝 떨어지는
이상향을 향한 염원일까요
복숭아뼈 동그란 물무늬가
하루 종일 사다리를 오르내리는
고되고 치열한 수고로움이
곧 햇살 가득한 과육으로 익어가리니
한 주먹도 안되는 작은 뼈가
향내 가득한 과육으로 도달하기까지
온 우주가 금실 좋은 열망을 보탰으리니
복사꽃 흩날리는 간극으로
당신들의 노고가 무르익어가는 저녁

복숭아 다디단 과즙을
입안 가득 우물거리는 환한 당신들
바로 무릉도원 아닌지요

나이테

잘려진 나무를 읽는다
분주했던 시절들을 기억하는지
선명한 경계 사이
부풀어 오른 물관이 입술처럼, 붉다
남쪽으로 기울어진 동심원은
따뜻한 생각만으로도 잎을 틔우는 중이다
밤새 별들이 머물다가는 자리
아침이면 신생의 이슬방울들 모여들어
온 우주를 가만히 불러들였으리
밤낮없이 당신의 생을 접촉하느라
어느 지점 등고선이 급격히 휘어지고
거기 어디쯤 둥지를 틀었던
새들의 족적도 역력한데,
북으로 가는 길이었을까
다급한 무늬들의 간격으로 폭설이 휘날린다
변방으로 내달리는 서늘한 결의처럼
나무들의 행간이 촘촘해지고
다시, 뜨거운 한 생을 휘돌아나가는 나이테

나무는 죽어서도 생장을 멈추지 않는다
숲은 경건한 침묵으로 고요하다

을숙도 I

을숙도를 아시나요
갈대가 제 몸을 흔들어대며 을숙을숙 으쓱거리고
천삼백 리 강물이 굽이굽이 흘러와
물길의 유구함으로 다시 피어나는 곳
을숙도 갈대밭에서
나는 그들의 말뜻을 읽는 중입니다
어느 연대기를 작성하고 있는지
갈대를 빌미로 까칠해지기 쉬운 것들이
주로 이곳에 서식하고 있지요
바람이나 철새나 몸안에
그리운 풍향계 하나씩 품고 있을까요
해 질 녘 맹렬하게 타오르는 낙조는
오래전 가락국의 신화를 아련하게 읊조리고
멀리서 찾아온 철새들이
고단한 제 생을 마음껏 펼쳐보는 을숙도
을숙도 갈대는 오래된 신전입니다
일억 년의 기억을 온전히 간직한 채
물결마다 철새의 황홀한 노래가 출렁이죠
누구나 한 번쯤 이곳에 기대어

생의 속내를 목 터져라 소리치고도 싶겠지요
살짝 을숙도의 내면에 귀 기울여 보실래요
아무도 궁금해하지 않는 그의 역사는
언제나 현재진행형입니다

을숙도 II

섬이 아닌 채 섬을 품고 있다
몸에 들고 나는 것들이 기억하는
내 본래의 생태는 온몸이 초록인 것을,
계절을 살다가 떠나는 철새들이
수천 년 그리운 연서 한 장씩 써 내려간 흔적임을
알지 못했다
을숙도 모든 행적은
오랜 고뇌 끝에 내놓는 어떤 몸짓
기어이 섬의 외침인 것을 알지 못했으니,
먼 길을 찾아온 듯
바람은 언제나 아득하게 일렁이고
세월이 피고 지는 간극으로
내 초록은 무구한 숙박부를 기록하였으니,
섬을 품고 있는 동안은
알지 못했던 지상의 근원을
섬이 빠져나가면서 깨닫는다
생을 관통해 가는 것이 바람뿐이겠는가
일찍이 촘촘한 울음을 삼킨 채
소금꽃으로 피어나는 초록 숙박부

오랜 시간 갈피마다
핏빛 노을을 켜켜이 기록해 놓았다

바다를 깁다

노파는 우물우물 바다를 깁는다
드르륵 해안선을 박음질할 때마다
물새 몇 마리 놀라 움찔거리고
성난 파도에 오려놓은 오전이 흥건하다
미리 시침해 둔 태양이 자글자글 끓어넘치면
달달한 믹스커피 한 봉 휘저으며
창가에 내 건 수평선을 반듯하게 다림질한다
소금기 증발한 오후엔
흰 구름과 어여쁜 조개 장식을 수놓을 차례
생애 몇 번은 이렇게 반짝여도 좋으리라
찬란한 젊음은 순식간에 지나기 마련이다
한동안 정박해 있던 태양이
서서히 서쪽으로 이동할 즈음
노파는 서둘러 침몰하는 노을을 휘감는다
오전에 주워 온 파도 한 조각도
흔들리지 않도록 덧대어 꿰매준다
더 이상 밀려나는 일은 없을 것이다
방파제 너머 등대불이 깜박이고
해풍에 간간해진 실밥을 떼어내자

꼼꼼하게 박음질 된 한 장의 바다, 고요하다
밤하늘이 별자리 몇 개 꺼내놓는다

잃어버린 마을 I

아직도 마을엔 햇살이 가득해요
돌담을 돌아 나온 바람은 비명을 삼킨 채
숨죽이며 가만가만 거닐어요
행여 그날의 공포를 기억할까 봐
눈물조차 찍어내지 않아요
불타버린 자리 뉘 집인지
스치는 냄새만으로도 금방 알 수 있어요
따뜻한 온기가 남아 있는 걸 보니
해거름에 돌아올 어린 자식 밥 한 덩이
솜털 같은 아이의 숨결이 훅, 끼쳐와요
닿으면 그만 퍼질러 앉을 것 같아
허둥지둥 돌아서고 마는,
문밖에선 동백이 자꾸만 기웃거려요
경계도 없이 피고 지는 게 어디 봄날뿐이겠어요
그나저나 모두 어디로 간 거죠
눈 뜨자마자 달려왔는데
온통 검게 탄 그을음투성이군요
아직도 마을엔 햇살이 그득한 데
동백 모가지 부러지는 소리만 요란해요

수십 년 뚝 뚝, 문을 두드려요
기척 없는 안팎을 휘이 돌아보고는
혹시나 엉덩이도 살짝 걸친 채
주인장 이름 한 번 불러보는
다시 피어나는, 봄날이어요

* 제주 4.3 항쟁 희생자를 추모함.

안개

함부로 뒹굴던 뼈들이 달그락거린다
어떤 손가락은 입구 쪽을 향해 있다
입구 밖의 세상을 얼마나 초조하게 응시하였을까
손가락의 방향은 보이지 않는 항변
드러나지 않은 진실일 터
첫 발견자는 아득한 안개 무리다
안개는 안과 밖을 한꺼번에 감추기에 제격이다
기억의 표층을 파헤치며 서서히 안쪽으로 진입해 들
어가는,
간혹 뒹구는 뼈에 걸려 좌익과 우익으로 나뉘기도
하는,
그 아득한 간극이 모호해지는 동굴 속엔
아직 발굴되지 않은 진실들이 오리무중이다
바깥소식을 물어 나르던 새들이
붉게 젖어 축축해진 날개를 접는다
가지런히 유골을 모으니 바람의 방향이 일정해지고
오롯이 그날을 증거하는 뼈의 안쪽은
아직도 더운 숨결의 흔적이 남아 있다

누군가 서둘러 입구를 봉쇄한다

* 제주 4.3 희생자를 추모함.

장미의 이름으로

여자의 팔목에서 흑장미가 탐스럽다
한 줄기 꽃대가 품고 있는 가시는
여자를 더욱 표독스럽게 한다
하루 종일 카랑카랑한 목소리로
시장 좌판을 누비는 여자
성난 표정으로 배달할 때면
복잡한 시장 한복판이 쫘악,
여자가 여닫는 게 시장길뿐이겠는가
한바탕 피고 지는 장미는 물론이고
한때는 뭇 사내들의 뜨거운 가슴도
수시로 여닫았다지
세상의 흑장미들 그녀의 팔목에서
또 한 번의 전성기를 꿈꾸는지
뻗어나갈 방향을 모색 중인 가시에
잔뜩 독이 올라 있다
꽃을 꽃으로 살게 해달라고
새파란 꽃대를 꼭 쥐고 잎을 흔들며
흑장미 살벌하게 피어나는데

장미의 이름으로 그녀가 간다

장미꽃 속에서 뭇 사내들 피고 진다

말목장터에서

쌉싸름한 풀내 올라오고
흙냄새 물큰한 날에는
말목장터 국밥을 먹어보시라
투박하고 거친 손으로 말아주는 국밥을
두 손으로 공손하게 받아 들고
목 메이게 떠먹었을 사람들
허름한 한 끼로 허기를 채우고
한껏 상기된 얼굴로 격문을 돌렸던가
지축을 뒤흔드는 함성에
다소곳이 서 있던 감나무도
온몸으로 울어댔는지
노란 감꽃 후드득 져 내리고
말목장터는 애달픈 얼굴로 배웅했으리
마지막 최고의 성찬이었는지
목청껏 외치며 나아가는 발걸음에
배들 평야가 한달음에 달려와 안긴다
하늘과 땅이 한 몸으로 울던 날
말목장터도 감나무도
기어이 속울음 삼키고 말았을까

기꺼이 받아 든 국밥 한 그릇
곰삭은 의분들까지 뽀얗게 우려냈는지
한술 넘길 때마다 가슴이 뻐근하다

조용한 마을

눈이 오는 소리에도 귀가 열리는 나이인가
몇 해째 새벽마다 마을길을 비질하는 노인
밤새 달빛 부풀린 가등 아래
소복이 쌓인 적요를 밀어내느라
기역으로 굽은 등이 연신 출렁거린다
그 구부정한 품으로부터
대처로 향하는 수많은 길들이 뻗어나갔다
나의 성장도 저 샛길을 지나치지 못했으며
몇 번의 가벼운 외출 또한 그러하다
노인의 경쾌한 비질은 바람을 부추기는지
제 한 시절 죄다 떨구어 낸 정자나무가
후드득 마른기침을 쏟아내고
급기야 세월의 적설량을 이기지 못한 가지 하나
세상 한 켠 툭, 내려놓는다
순간 이제껏 놓쳐버린 길이라도 보았는지
밭고랑보다 깊게 팬 주름이
아코디언처럼 펼쳐지고
가지를 내어준 허공과 지상의 간극으로 폭설이 휘날
린다

그동안 정자나무는 노인의 일생을 도모하였는가
눈(雪)의 전파를 타고 부음이 전해지자
캄캄하던 하늘이 저만치 물러서고
조붓하던 샛길이 북적이기 시작한다

피어나는 목, 봄

긴 골목을 어루만지며 복사꽃 흩날린다
여자는 긴 목을 쓰다듬으며
식도염 약을 삼키는 중이다
넘기지 못한 봄날이 식도를 막았는지
불어오던 바람이 회오리를 일으킨다
역류는 물의 흐름만 바꾸는 게 아니다
쓰디쓴 골목이 자꾸 신트림하자
일파만파 흩어지는 꽃잎들
좀처럼 소화되지 않는 계절은
온갖 꽃들을 한꺼번에 내놓는다
명치끝에서 더부룩한 복사꽃이
어느 쪽으로 쏟아질지 기웃거리고 있다
골목은 들고 남을 가리지 않으므로
토해내든 삼키든 선택은 도화살이다
막혀 있던 알약이 한쪽으로 쓸려나가자
하르르 동시다발로 피어나는 모가지들
덩그러니 목만 남겨놓고
그 많은 도원결의는 다 어디로 갔을까
수많은 맹세를 앞세우고 복사꽃 피고 진다

봄이 이 길을 다 건너는 동안
울컥거리는 여자의 목이 자꾸 따끔거린다

4부

문경새재

억새풀 우거진 고갯길에 달빛이 휘황하다
조령과 주흘을 곁에 둘러앉히고
굽이굽이 넘어온 길을 둘러보는데,
달빛을 가득 품고서야
비로소 환해지는 옛길이다
새들은 벌써 다 건너갔을까
오래된 그리움들이 폭설처럼 쏟아지고
막사발은 천년의 비경을 품고 고요하다
수백 리 물길을 여는 초점草帖*에 이르러
새재를 넘던 옛사람을 생각한다
물굽이 시퍼렇게 일으켜 세워도
못다 이룬 꿈이었을까
아슬아슬 벼랑길을 비껴가는 바람은
계곡마다 눈물꽃을 피워내느라
허기진 산기슭 한사발은 들이켰으리
먼 후일 가슴 뜨거워진 내가 찾아와
다시 맨발로 천년을 거슬러 오르리니,
달빛이 슬어놓은 푸른 전설이
아직도 구슬픈 아리랑 곡조로 흘러가는

아, 문경새재

* 초점 : 낙동강 발원지 중 하나(태백 황지, 영주 순흥, 문경 초점).

보루에 올라

경계를 세운다는 것은
시간의 무게를 견디는 일이다
햇살 자글자글 끓어 넘치던 봉우리에
어둠이 먼저 와서 눕는다
산 밑에서 밀려오던 바람은
산새 울음으로 퍼져나가고
보루는 어둠의 빗장 하나 질러 넣고는
봉우리 이쪽에서 저쪽으로
수천의 계절을 넘기고 있다
오래전 격전의 혈투를 벌였던 능선마다
사내들의 거친 호흡이 남아 있는지
산허리를 파고드는 억새는 별 총총 불러들여
밤새 구슬픈 서사를 읊어댄다
해마다 속울음 붉게 토해내는 진달래는
승리와 패배가 뒤얽힌 내력을
온 산 가득 피워내는 것일까
누군가 흘리고 간 밀서라도 읽고 있는지
묵묵히 천년의 간극을 지나는 돌담들
아득한 말발굽 소리를 되새김하는 중이다

우뚝한 보루마다
빛나는 무훈과 쓰라린 패전의 이력들로
찬 · 란 · 하 · 다

대장간

대장간 마을에 들어서자
풀무질 소리 요란하게 들려요
천년 전 멈춰 선 저 물레를 돌리면
오래전 불 꺼진 화덕에 다시
화르르 불꽃이 피어날까요
시뻘건 쇳물 꽃처럼 끓어올라
아름답고 강인한 칼 한 자루
빚어낼 수 있을까요
저 모퉁이를 돌아서면
밥 짓는 아낙들 잰 걸음으로 분주하고
대장간 사내들의 땀 내음도 훅 끼쳐오겠죠
자박자박 물 긷는 소리에 돌아보니
우물은 제 품을 넓혀 하늘을 담고
잔잔히 퍼져가는 물의 나이테
그 사이로 밤하늘 별들이 우물로 뛰어들었는지
퍼 올리는 두레박에 별자리 몇 개 깜박여요
그때마다 용맹한 나라의 하늘이
열렸다 닫히고

국경을 넘어 말 달리는 고구려 사내들의
거칠고 활달한 함성이 우레처럼 들려와요

부처를 꺼내다

석공은 고심 끝에 부처를 들어냈죠
그에게 돌부처는 한세상을 완성하는 일
기약도 없이 하 적막한 끝이어서
어디서도 석공을 기록한 흔적은 볼 수 없네요
불경스럽게도 어느 쪽이 돌부처이고 석공인지
사방 정을 쪼는 소리만 아득한데,
칠흑의 시간을 견뎌 온 모서리마다
칸칸이 고요의 질서를 둘러앉히고
형형한 눈빛과 인자한 미소를 다듬어요
돌 속 깊숙이 들어앉아야
온전히 돌의 마음을 얻을 수 있는 법
기어이 석상이 되어야만
천년 가는 미소를 새길 수 있다는데,
돌덩이와 독대하며
그는 일생을 면벽수행 중인지도 모르지요
여간한 고행이 아니건만
뼈대를 앉히고 숨결을 불어 넣자
오매불망 해탈한 부처님 환하게 피어나요
그 향기 온몸 가득 은은하고

비로소 돌의 허락을 얻어냈는지
밤새 미증유의 피안彼岸을 완성한 게지요

빗살무늬, 획을 긋다

세상은 하나의 획으로부터 시작되었다
밤새 귓전에서 강물이 출렁거리고
생의 층층마다 물결 무늬 흔적이 촘촘하다
나는 강에서 시작해 흙으로 다져진 몸
그러므로 유물의 방식으로 존재한다
빗금을 그을 때마다 간절한 염원을 담았을 사내는
천둥 번개가 몰아치는 날에도
한 끼의 식량만을 소박하게 고집했으리라
내게 들이치는 햇살을 고스란히 받아 적으며
세상은 바람의 방향으로 획을 긋는다
이윽고
후세의 고뇌를 당겨 누군가 나를 건너다본다
수천 년 시간을 거슬러 왔는지
그의 눈빛은 집요하고 아득하여라
집요함이 무늬의 경계를 완성했던 것일까
가만 눈을 들여다보면
그와 나의 기원이 하나씩 벗겨질 듯싶은데,
축축한 흙냄새가 스며 나올 듯도 싶은데,
내가 울컥 강물 소리를 뱉어내자

화기火氣와 함께 더욱 단단하게 굳혀지는 빗금들
그의 몸에도 칼금이 수북할 것이다
오래전 혼돈을 가라앉힌 그는 여전히 진화하는 중이고
나는 매일 과거로 되돌아가는 중이다
이후 또 하나의 획이 그어질 것이다

섬진강 자매

강 하나를 사이에 두고
자매가 만나는 날
꽃잎 같은 합죽 웃음이 틀니를 비집고 나와
온 천지가 파안대소 매화 향 은은한데
저만치 옷자락만 보여도 못다 한 시간을 곱씹듯
희디흰 매화가 푸른 강물 속으로 자맥질하는데
웃음소리에도 주름이 져
따라온 섬진강은 굽이굽이 세월을 밀어낸다
덥석 잡은 두 손 가득 섬진강이 울컥이는지
강의 내력을 실어 나르는 물새가 따라 붙는다
일렁이는 흰 머리 반짝거리고
강의 시원만큼 오랜 시간이 흘러서야
먼 곳을 바라보는 두 눈에
건너편 마을이 오롯이 담긴다
꽃 사태 지는 친정집 툇마루
어린 계집아이 오도카니 기다릴 것 같은데,
첩첩 세월이 접혀 있었던가
구부정한 허리를 펴자
새파랗게 솟구쳐 오르는 강물

노을 속에서 섬진강이
시퍼런 몸을 뒤틀어댄다

아내의 바느질

아내가 꼼꼼히 바느질합니다
삐죽 튕겨져 나온 잡목들은
흩어지지 않도록 휘감치기해 주는 것이 필수
아직 정리되지 않은 마당 한 귀퉁이는
올이 풀리지 않도록 매듭을 지어줘야 하죠
엉성한 돌담이 무너지는 것을 막기 위해
너덜거리는 실밥들도 마감돌로 꾹 눌러줍니다
산 위의 집은 건듯 불어대는 바람에도
쉽게 흔들리거든요
자투리 천을 이어 붙일 때마다
건너편 산도 형형색색 피어나고
십 년 병수발로 허리 굽어진 아내가
산마루 돌아가는 노을을 잠시 들었다 놓습니다
올망졸망한 들꽃들이 지천으로 흔들리는 계절
아내는 베갯잇마다 아지랑이를 수놓곤 하지요
먼 데 하늘을 올려다보며
신혼의 단꿈처럼 발그레해지는 얼굴
뒷마당 장 익어가는 소리까지 누빔질하면
쏟아지는 별들은 저마다의 옛이야기로 반짝이겠죠

앞면과 뒷면 사이
앞산 봉우리를 도톰하게 밀어 넣고
자꾸 증발하려는 흰 구름 몇 장 끼워 넣습니다
산자락 아래 하루가 금방 부풀어 오르고
알록달록 재단한 내일을 창에 걸자
시뻘건 해가 불기둥처럼 타오릅니다

모슬포

사람이 살지 못하는 못살포라 했던가요
몹쓸 바람 그리 불어 수만 년 전 누군가는
그리움을 꾹꾹 찍어 화석이 되었을까요
그때마다 가슴 들썩이는 심호흡은
멀리 가파도와 마라도에 가 닿았겠지요
한라를 넘어온 북서풍을 온몸으로 맞으며
내 희고 아름다운 등뼈는
더욱 눈부시게 빛이 났겠지요
끝까지 내몰리고 나서야
다음 생도 도모할 수 있는 법
결마다 서귀포의 파도를 잠재우느라
절벽은 제 가슴 내주었겠지요
서쪽으로 돌아 돌아서 오면
곱게 빗은 머릿결처럼
모래가 아름다운 바닷가 모슬포
등 푸른 날들을 뒤척이면
늑골마다 모래의 지문이 선명해요
지나는 노을이 가만 등을 토닥이는지

날카롭게 여울지는 한 생애
울컥이며 자꾸 푸른 물을 쏟아내고 있네요

산방산

공손한 모자처럼 산방산이 누워 있네요
멀리 한라의 빛나는 이마를 일별하고
뭍과 물의 간극으로 아득한 신전 하나 들였지요
아직도 산방덕*은 흐느껴 울고 있을까요
푹 꺼진 중심은 계절을 피워내는지
하루 종일 익명의 꽃들이 은밀하게 속삭이고
사방으로 눈이 트인 잡목들이
멀리 있는 섬들을 불러들이는군요
발밑을 간질이고 지나는 어족들은
또 얼마나 정중하게 안부를 묻는지요
간혹 산방산의 비밀을 품은 희귀식물이
밤새 밤하늘과 내통하느라
폭포수 내리는 물줄기를 퍼 올리겠지요
오래전 바닷속에서 솟아올랐을 때
이미 온몸으로 물결의 지문을 필사하여
층층이 새겨진 기록들을 소리 내 읊곤 했지요
먼 길 달려와 안긴 바람이
산방산의 문장으로 피고 지는 중입니다
서쪽으로 돌아앉은 이후

억새는 수시로 서걱이는 음절을 뱉어내고
산 그림자 길게 당긴 노을이 자지러지게 피어나요

* 산방덕 : 산방산의 여신.

절울이*

물에도 결이 있어
저리 절절이 울고 있다
부딪쳐 우는 우레같은 함성에
지레짐작 먹먹해져 오는 시커먼 가슴이다
안쪽으로 쑤욱 밀고 들어온 해안선은
아무런 대책 없이 울음을 키워낸다
그 범상치 않은 울음에
꿈길까지 사납게 젖고 말았으니,
절절히 울어 본 이들이
바다 쪽으로 몸을 내주는 송악
아직도 못다 운 피 울음이 남았는지
절벽 위 억새도 모로 누워 서걱대는데,
잠시 파도 눌러 앉힌 날에도
물결은 자꾸 절룩이는 것만 같다나
산허리 끊어지도록 죽기 살기로 달려드니
속앓이하기로야 매한가지일 터
잠시 앉았다 가는 어느 객의 가슴에도
흉흉한 구멍이 뚫려 있으려나
모질게도 불어오는 바람이어서

한참을 걸어가야 다다른 절벽

제대로 울어 볼 수 있겠다

* 절울이 : 송악산 해안 절벽을 이르는 말로 '절'은 파도라는 제
주어, 즉 '파도가 우는 곳'이란 뜻.

단풍나무

산 입구 붉게 타오르는 단풍 한 그루
온 산을 먹여 살리는데요
가을 초입부터 엉덩이 흔들어대며 내려오더니
저 혼자 이 산을 지킨다고 생색내느라
목울대까지 꼿꼿이 세워 붉히는 중이지요
오가는 이들의 칭찬 일색으로 점점 더 달아올라
숨 가쁘게 피는 거지요
소란한 기척에 일갈하는 굴참나무
묵직한 핀잔 한마디 보태고는
동면에 들 준비로 분주하고요
그러거나 말거나
혈혈단신 안개 속에서도 열일한다네요
먼발치에서 붉어지지도 못하는 군락들은
우러러보느라 목이 아플 지경이죠
어쩌겠어요
누구나 꽃길을 걷는 건 아니라고
그저 뜨거운 시절 하나 품는 거라고
북방에서 내려오는 서늘한 기운을 받아내며
가을 내내 삭고 또 삭는 게지요

이 산의 가을을
저 혼자 다 쓰는 셈이지요

못 II

날카로운 끝이 들어오기 전부터
벽은 미리 알고 움찔거린다
눈물 그렁그렁한 채 노려보다가
긴장의 궤적으로 떨리는 벽
한동안은 일파만파의 내홍을 견뎌야 한다
더 이상 견딜 수 없는 비명이
목까지 차오르는데
못은 의기양양 드디어 해치웠다는 듯
혼자서 반듯하다는 듯
하나의 점으로 단단하게 박힌다
박혀서는 달관한 척 반질반질하다
충혈된 눈알을 굴려 어디로 명중할지
만면에 비아냥거리는 웃음을 꿰차고는
빙글빙글 찌르거나 박히는데 골몰한다
어둠의 내면은 깊을수록 차가운 법
평생 바람 들어찬 벽을 붙잡고
간신히 애걸복걸해야 한다
아무것도 없는 빈 허공을 죽을 때까지
메우고 있어야 한다는 걸

한번 들어가면 빠져나올 수 없다는 걸
절대 깨닫지 못하는,
머리 대신 대가리라 불리는 두 번째 이유다

물이 끓는 동안

찻물을 올린다
햇살이 그물처럼 일렁이고
어느 먼 곳에서 물의 처음이 시작되었을까
아득하여 궁금한 기억들이 하나둘 끓기 시작한다
깊은 숲속을 지나왔는지
맑은 새 울음소리가 끓어오르고
일제히 바람의 뼈들이 일어서는 소리
귀를 모아 물의 길을 읽는다
굽이굽이 흘러오는 내면은 누구의 계절이길래
이리 격렬한 시간을 품고 있는가
다급하게 물길이 꺾여 휘돌아가고
우레처럼 쏟아지는 폭포 소리
비등점을 통과하기까지 몇 계절이 지난다
먼 길을 달려온 눈보라가 휘날리자
소리 없이 스며드는 가열한 시간들
이윽고 어느 해협에 닿았는지
고요히 퍼져가는 물의 맹렬함은
완숙을 넘어 다시 고원을 향하는 중이다

촉

시위를 당기자 앞질러 가는 생
몇몇은 한 축에 꿰어진다
파르르, 온몸이 예민한 촉의 근원이어서
밀고 당기는 생의 간극으로
몇 계절이 들렀다 간다
지나는 봄날을 명중시켰는지
제 몸을 무기 삼아 일제히 피어나는 것들
성급히 촉을 내밀어 지상에 내딛는 순간
기우뚱, 기울어진 축으로
생은 쏠리는 것이니
알게 모르게 모든 근원은 기울어져 있다
자전의 기억으로 축은 태어나고 소멸하는 것
저리 붉은 몸피로 피고 지는 것들도 한 축이고
어느 한 시절 꿰어 몇 생을 관통하는 화살도 한 축이다
온몸으로 읽어낸 촉으로
세상의 한 축을 밟고 서 있는 것
힘껏 당긴 화살촉으로
이번 생은 내가 너를 읽는다

'붉음'이라는 '경계'와 '지금', '여기'의 재영토화

박용진(시인)

1.

타자를 비롯한 물상物象과의 교류는 주체를 실존케 하는 방식이자 나 – 그리고 – 너를 넘어선 '우리', '함께'라는 인식을 존속하게 만든다. '너'와 '이것'이 없다면 '나' 역시 존재하지 않을 것이다. 그럼에도 대다수는 '너'라는 존재에 대해 '나'와 다르다고 여기는 이질성은 개별적 형상에 따르는 것이며 각각의 사유 분화로 명확해지는 물질적 구분은 어쩌면 당연하다고 여길지 모르지만 표층 의식과 달리 심층 의식과 미시(micro)의 세계에선 모든 만물은 이어져 있음을 알 수 있다. 그러나 현실에선 감각의 한계로 이를 감지하기 어렵고 물질의 심화만이 있을 뿐이다.

최재영 시인은 시집 『통속이 붉다 한들』에서 기억의 간극으로부터 건져낸 아스라이 사라질 것들에 대한 아쉬움을 안은 꽃, 계절, 나무, 붉음에서 표출한 영원에의 절정과 현상의 변화와 순환을 하나의 스펙트럼으로 볼 수 있으며 분별심을 넘어선 피안彼岸을 향한 좌표 설정을 읽을 수 있다.

이전의 시간을 매개로 하는 기억은 실존의 바탕이 되며 경험을 토대로 앞으로 나아갈 동력을 얻음은 주지의 사실이다. 그러나 과거의 언저리를 맴돌며 계속 지난 기억에 매몰됨은 현존에 대한 의구심을 일으켜 피폐한 삶을 지속하게 만든다. 이유는 무엇일까. 자기 동일성의 상실에 대한 두려움 때문이다. 힘들었던 순간도 지나고 보면 추억이고 그리움이 되는 경우가 있기에 불확실한 미래에 대한 불안의 확산이 본능적으로 두려운 것이다.

"백 년을 걸어가는 한 그루 꽃나무"(「백 년의 사원」)

태곳적부터 지구에서 번성했던 나무에서 꽃이 피는 순간은 시인에게 있어 '지금'과 '여기'라는 온전체다. '백 년'과 '사원'이라는 두 단어에 작품집이 함축되어 있으며 정신적

구심점에서 펼치는 수명의 한계와 이후를 가늠해 볼 수 있다. 나무가 피운 꽃을 지나는 계절풍으로 절정에 이르렀음은 다음의 작품에서도 읽을 수 있다.

　"화르륵 등꽃이 피어나고"(「등나무, 5월」)

　시인에게 있어서 등나무, 목련은 등불이다. 밤이어도 환하게 빛을 내는 꽃에서 누구나 체감할 수 있다. 하지만 시인은 "반대편 가지에서 한 잎의 등이 툭, 지고 있다"(「목련눈」) "백 일을 피고 지는 중입니다"(「배롱나무」) "꽃잎 사이로 여자의 한 생이 지나고 / 수줍던 날들이 화안히 피었다 진다"(「좋은 날」)에서는 꽃과 환한 순간이 피었다가 져버림을 읊었다. 만물은 절정(타자, 외부자극으로 인함)을 넘어서면 시들기 마련으로 넘길 수 있지만 주목할 것은 피고 지는 순간을 한 장면으로 묶었다는 점이다.

　시인이 제시한 나무는 사원寺院이다. 사원에 들어서면 누구나 경건해진 자세로 하침한 마음을 가지게 된다. 꽃이 피는 순간도 낙화의 순간에도 경문을 읊조리며 경배를 올린다. 사원(나무)은 '지금', '여기'라는 시인의 주체성을 나타낸 상징이다. 사원에 머무는 순간, 머물렀던 기억조차 현재로 작동한다. 어빈 얄롬이 강조했던 '지금', '여기'라는 순간의 속성은 물리적 계측이 어렵지만 사유를 통한 의식의 환

기와 노매드에서 멈춘 다음 현재에 집중하여야 할 동기 부여의 발견이다. 사람마다 다를 수 있는 기억의 다음을 시인은 탈기억이 아닌

재영토화(reterritorialization)를 끊임없이 시도하고 있다. 인간 의식도 물질이라는 이론이 있지만 기억은 좀 더 체화體化된 물질이라 부를 수 있다. 의식 저편에 자리 잡은 채 계속 욕망을 부추기면서 괴롭히기 십상이다. 시인은 나무가 되었다. 꽃이 피고 지더라도 이를 관조하는 모습에서 스스로에게 부여한 자유를 떠올린다.

2.

노을이 안마당까지 들어와 판을 벌린다
기왕지사 엎질러진 한 시절이라고
파도는 후렴구를 되풀이하며 울컥거리고
새 떼들 제 안의 깊이를 가늠하며
붉게 젖은 가슴으로 한 생을 횡단해간다
어쩌면 당신에게 이르는 길은 끝없는 항해와 같아서
세상의 모든 저녁을 건너가야 할지도 모른다

노을이 툇마루에 걸터앉아

파도가 밀려드는 긴 눈썹 같은 해안선을

생의 내륙까지 밀어붙인다

소금기 가득한 자서전을 기록하는 내내

잠시 감았다 풀어지는 눈꺼풀의 기척만으로도

해안선은 밤새 뜨거울 것이다

새들의 노래를 끊임없이 분만하는 물거품

붉음이 아니고서는 누구도 이곳을 통과할 수 없으리

새들은 침잠하려는 노을을 거두어 돌아가고

각혈 같은 울음을 지나 보이지 않는 곳까지

서로 눈물겨운 호흡을 주고받으리

온통 붉은 울음 범람하는 바닷가

그리하여 눈시울 붉힌 해안선을 읽어내느라

새들은 기어이 환상통을 뱉어내는 중이다

- 「붉은,」 전문

삶은 숱한 경계를 거니는 여정이다. 의도하지 않게 늘 생성되기 마련인 경계는 시간과 공간, 기억과 경험, 상상 과다의 일상에서 기원하며 갈등과 시행착오의 근원이자 별도로 생성되는 반증 가능성의 공간에서 혼재 상태로 머물게 한다. 다른 사유가 침투하기 어려운 내적 관념이 굳은 상태의 사람에게 외부 자극은 자기 영역이 전복될 두려움에 방어기제의 작동으로 두터운 경계는 생성되기 마련이다. 이런 생존본능은 누구나 내재되어 있으며 일정한 단계를 거치며 허물어진 인간 의식의 확장과 발전을 이루게 된다.

시인의 작품에서는 해안선(「붉은,」), 피멍(「지심도 동백」), 글자의 행간(「우저서원牛渚書院」), 모퉁이(「대장간」), 반대쪽의 국경(「사과」), 서로의 필법(「갈등」), 양날의 칼날(「도마」), '안개' 같은 시어에서 경계를 발견한다.

작품 (「붉은,」)에서 깊어진 저녁노을과 붉게 젖은 가슴, 해안선의 물거품은 시간에 따라 잊히거나 지워져 가는 기억에도, 아직은 존속하는 풍광에 안도하는 시인을 떠올리게 된다. 나를 비롯한 만물은 변화하며 소멸을 향한다는 의식의 잠재에서 감각 인식에 따르는 현존의 스스로를 발견하기도 한다. 시인의 아쉬움이 무엇에 기인하는지는 알기 어렵지만 펼친 경계는 변화와 회귀임을 짐작할 수 있다. 노을과 파도는 늘 접한다. 노을, 파도, 물거품의 모습이 감각에 중첩되며 지난 기억은 변하지 않은 듯 여겨지는 자연 풍경에서 들뢰즈와 가타리가 얘기한 탈코드화(decoding)

의 시작임으로 여겨진다. 해안선을 나는 새와 노을에서 건진 바닷가의 붉은 울음은 시인과의 경계가 맞닿는 부분이다. 아픔이라는 것도 환상통이라는 허구의 감각임을 알고 뱉어내고 날아가는 새에게서 아포리즘(aphorism)적 유의미를 추출해 본다.

시는 철학을 배경으로 조립되기도 하고, 경험을 토대로 경계에 맞닥뜨린 내적 사유를 제련하며, 나름 축적한 세계를 승화, 창출해 나가는 문학이다. 이런 전개는 주변 상관물과 왜곡된 기억에 상상력이 더해지며 언어 작업은 숙성하게 된다.

작품(「지심도 동백」)에서 말한 '피멍'(「안개」)에 나타나는 '뼈'의 이유와(「잃어버린 마을」)에서 그을음의 안타까움은 불화와 갈등의 정점을 나열한 것으로 추정한다. 지심도는 일제강점기 시절 요새로서 일본군 1개 중대가 광복 직전까지 주둔하였으며 해방 이후 포대, 탄약고 등이 남아있으며 건물 신축을 허용하지 않고 남아 있는 건물을 증축 개조하여 사용했기 예전 모습을 간직하는 섬이다. 지심도에 많이 핀 동백의 색은 붉은색이다. 파란 멍 대신에 붉은 피멍과 시뻘건 쇳물을 언급한 시인의 시집에선 '붉음'이 넘쳐난다. 주체의 내면을 쉽게 나타낼 수 있는 붉은색은 다중적

의미를 함의하고 있지만 대체로 열정적이고 아픔을 나타낸다. 시인에게 있어서 동백의 '붉음'은 역사적 통증을 승화시키는 경계이리라. 입구를 향하는 뼈와, 바다를 덮은 안개와, 잎을 물들이는 단풍이든지, 항상 시인의 경계에선 형성체形成體를 파악해 나가는 '붉음'이 피어난다.

새빨간 거짓말은 내게 맡겨요

오전과 오후가 빨갛게 익었잖아요

겉과 속이 똑같으니 믿음직스럽지 않나요

세상의 거짓을 모조리 키우는 중이거든요

표리부동하지 않을 것

한 계절 내내 우리들의 좌우명이죠

통속이 붉다 한들 나만 하겠어요

처음부터 끝까지 한결같은 형태는

누구도 흉내 낼 수 없는 매력이죠

최근엔 내 모습을 흉내내느라

여기저기서 추파를 던지기도 하지만

어림없는 일이죠 크기부터 압도적인 걸요

완숙이란 더 이상 붉어지지 않을 때까지

속울음을 익혀야 하는 법

울음의 끝은 메마른 줄기로 마무리해요

오늘도 나를 지나는 태양은

걷잡을 수 없이 맹렬해지네요

그야말로 감정에 충실하다는 증거죠

어때요 감쪽같이 익어버렸죠

당신, 붉은 것에 대해서는 아직도 회의적인가요

제발 나를 좀 믿어주세요

완벽한 불신을 완성해 드릴게요

- 「토마토」 전문

통속의 사전적 의미는 세상에 널리 통하는 일반적인 풍속이나 비전문적이고 대체로 저속하며 일반 대중에게 쉽게 통하는 일, 비밀리에 서로 통한다는 뜻이 있다.

연중 비닐하우스 재배가 가능한 토마토는 덜 익은 상태에서는 솔라닌이라는 독성성분이 있다. 완전히 익어 빨간 상태가 되면 독성성분은 사라진다. 시인은 "새빨간 거짓말은 내게 맡겨요"라고 했다. 왜 거짓말은 새빨갛다는 인식이 퍼져 있을까. 색채용어사전에서는 붉은색은 새빨간 거짓말, 진홍빛 사랑, 붉은 마음 따위의 표현에서는 '명백明白하다, 아무것도 없다, 아무 관련도 없다'[1]라는 상징적인 의미가 있다고 한다. 완전히 익은 토마토는 속을 모두 드러낸 것이다. 가지과 식물열매의 특성상 과일과 채소의 두 가지, 독성과 영양분의 특성은 '붉음'이 가진 여러 상징과도 일치한다. 속울음을 넘어 이미 익은 '지금'을 설파하고 있고 작품(「단풍나무」)에서도 시인은 붉은, 단풍나무가 되었음을 선언하고 있다. 앞선 언급에서 붉음이 불화와 갈등에 따르는 아픔이었다면 토마토의 붉음은 완전에 다다른 원숙한 상태. 그러면 시인이 말하는 익은 상태는 어떻게 해야 도달할 수 있을까. 작품 18행에서 "그야말로 감정에 충실하다"라고 했다. 미완의 감정상태는 무의식에 잠재되어 현실에 반영이 된다. 표면의식과 달리 심층의식은 뜻하지 않게, 스스로도 인식하지 못하는 때에 불쑥 튀어나와 일상 교란의 원인이 된다. 미충족된 감정은 만성 결핍의 상태로 의식에 머물게 된다. "실재적 행복이란 고통과 노동이 수반되는 집합적 진리의 정동이다"라고 했던 알랭 바디우의 말처럼 완숙, 원숙의 의미는 미완이나 결핍이 충족되기 전의 상태를 인정해 주는 것이다. 미완의 감정상태가 여물기 전에 이를 다독여주면 명백明白해지면서 사라진다. 토마토는 덜 익은 상태를 경험하지만 완전히 익은 상태는 미완의 상태를 포함함을 알 수 있다.

3.

을숙도는 낙동강 끝자락에 자리한, 토사가 퇴적되어 형성된 하중도河中島이며 낙동강과 남해가 들어오고 나가는 곳이다. 한때 쓰레기 매립지이자 파밭으로 채워졌던 을숙도 하단은 2005년 5년간의 복원공사를 통해 철새들의 휴식지인 철새공원으로 태어났다.

시인은 을숙도라는 섬에 대해 "섬이 아닌 채 섬을 품고 있다"(「을숙도Ⅱ」)라고 했다. '섬'이라는 용어는 육지와 물을 사이에 둔 형태로 개별적이거나 고립의 세계를 떠올리게 한다. 을숙도에서 시인의 의도를 파악하기 전 이미 수많은 경계에 대한 전경全景을 읽어왔기에 잉여적 선입을 가지지 않을 수가 없다. 경계를 둔 이분법적 사고가 과연 나쁘기만 한 것일까. 말러의 분리개별화(separation-individuation)[2]에 의하면 모성적 존재의 발달, 즉 리비도적 대상 항상성의 성취는 유아가 일차적인 양육자에게서 벗어나 독립적인 기능과 대인 간의 분리를 경험할 수 있게 해 준다. 이것이 성취되는 정도에 따라 유아는 스스로 기능할 수 있고 건강한 대상관계를 확립하는 능력을 통합해 간다.라고 했다. 양육과 교육의 과정을 거치며 옳고 그

름의 판단 능력을 가지게 만드는 것이다. 분간의 필요성은 방어적 본능과 연관되기에 구분과의 차이는 분명해야 할 것이다.

을숙도에서 건질 수 있는 유의미는 변화다. 세월이 지나가는 사이를 관찰하는 시인은 '섬'의 지위를 가진다. 쓰레기 매립지에서 철새들의 공원이었다가 인위적인 개발로 줄어든 철새, 다시 이를 보존하려는 모습에서 시인이 말한 "알지 못했던 지상의 근원을 / 섬이 빠져나가면서 깨닫는다"(「을숙도Ⅱ」)에서 유추하듯이 시인의 섬은 주변의 변화가 가져오는 고립(섬)에서 유연한 갈대를 발견하기까지의 과정을 생각게 하며 빠져나가는 섬(변화, 전환)에서 자신을 발견하게 된다. 섬은 분리 독립된 듯한 착시 상태지만 실은 육지와 연결되어 있다. 시인의 '섬'은 '앎'이다. 깊은 관찰과 사유를 통해 발견, 변화를 이루는 스스로를 말하며, 시인의 앎은 변화를 발생시켜 나갈 것이다. '고정된 불변'이란 애초부터 없는 것이며 진리의 상대성을 보더라도.

4.

원림에 드니 그늘까지 붉다

명옥헌*을 따라 운행하는 배롱나무는

별자리보다도 뜨거워

눈이 타들어 가는 붉은 계절을 완성한다

은하수 쏟아져 내리는 연못 속 꽃그늘

그 그늘 안에서는 무엇이든 옥구슬 소리로 흘러가고

어디선가 시작된 바람은 낮은 파문으로 돌아와

우주의 눈물로 화들짝 여울져 가는데,

기어이 후드득 흐드러지는 자미성紫薇星

연못 속으로 어느 인연이 자맥질해 들어왔나

문이란 문 죄다 열어젖히고

한여름 염천에 백 리까지 향기를 몰아간다

그 지극함으로 꽃은 피고 지는 것

제 그림자를 그윽이 들여다보며

아무도 본 적 없는 첫 개화의 우주에서

명옥헌별자리들의 황홀한 궤도가 한창이다

한 생을 달려와 뜨겁게 피어나는 배롱나무

드디어 아무 망설임 없이 안과 밖을 당기니

활짝 열고 맞아들이는 견고한 합일의 연못

눈물겹게, 붉다

-「명옥헌별자리」 전문

　밤하늘에 점의 형태로 반짝이는 별은 과거의 모습을 빛에 실어 우리에게 보여준다. 별이라고 하면 떠오르는 것은 희망, 추억 같은 긍정의 이미지다. 기존의 별자리를 두고서 특정 이미지(변상증, pareidolia)를 찾을 수 있거나 새로운 상상력을 더할 수 있는 별하늘은 무한의 가상공간이기도 하다.

　명옥헌별자리에서 시인이 말하는 별자리는 배롱나무다. 담양에 있는 명옥헌鳴玉軒 정원 연못 주위엔 은하수를 본떠 심은 28그루의 배롱나무가 있다. 땅 위에 핀 별을 꽃이라 했던가, 배롱나무가 틔우는 꽃에서 별과 별을 이어서 새로운 별자리를 만들 수 있듯이 여러 의미를 발견할 수 있는 곳이다.

　시인의 작품에서 자주 언급되는 기표는 '백'이다. 백 일, 백 리, 백 년 등, 색상과 시간, 거리, 혹은 별도로 연상되는 백(back)을 가정했을 시엔 레트로적 회상과 '없음'의 배경을 떠올리게 하며 시인의 근본 미학인 '붉음'을 보충한다.

주체와 대상의 대립이 없이 밀착한다는 슈타이거의 회감(回感)은 서정시의 일반적인 특징이다. 시인의 '백'은 간혹 카오스적 상상력이 파생시킬 주체와 대상의 불일치를 희석시키고 핀 꽃이 백 리를 마다하지 않고 퍼뜨리는 향기에서 완료감을 주는 역할을 볼 수 있다.

시인들은 존재에 대해 늘 의구심을 가진다. 현상의 근원과 의미를 탐구하며, 산물의 총체성에 대해 다시 환원의 질문을 던진다. 이에 페르난두 페소아는 사물들의 경이로운 진실에서 "완전해지기 위해서는 존재하는 것만으로도 충분하다"라고 했다. 하늘에서 일생을 다한 별이든지 명옥헌에 활짝 꽃을 피운 배롱나무든지 모습만 다를 뿐 동일한 떼창(「코스모스」)을 한다고 규정하는 시인이 우리가 서 있는 지금', '여기'가 별이며 별자리라고 할 말을 짐작해 본다.

5.

"욱신, 꽃이 피고 지는 이 간격을"(꽃이 피는 사이)

최재영 시인은 두 번째 시집인 『꽃피는 한 시절을 허구라고 하자』에서 이미 꽃피는 순간을 허구라고 했다. 어째

서 화사했던 시간에 허구라는 이름을 붙인 걸까. 틈, 사이와 비슷한 간격은 장소성도 포함하며 일반적으로 선형적으로 흐른다고 여겨지는 시간의 반지 속성을 보여준다. 우리가 '지금', '여기'라고 느끼는 순간도 틈, 사이, 간격이 된다. 시인이 말하는 간격은 인지적 시간으로서 자체적 속성은 기억이라는 재연기능(reenact function)으로 인하여 끊임없는 사유의 투여와 한계의 확장으로 이전의 경계에서 한정하던 구분, 분별력을 희석시킬 수도 있으며 현상에 대한 오인誤認으로 나아갈 수 있다. 시인은 한 겹 경계를 허문다고 했다. 봄은 저만치 밀려나 있다, 라고 말한 시인은 감각이 가져다준 허위적 속성에 물들지 않음을 분명히 하고 있다.

　모든 현상은 허위와 실제의 양가적兩價的 성질을 가진다. 우리가 인식하는 순간은 이미 지나간, 실재하지 않는 허위를 감각할 뿐이지만, 실제라고 인식하기 때문에 온전한 실제가 아니라고 할 수도 없다. 이런 만상의 지고 솟음에 좁은 시각과 편향적 사고가 더해지면서 갈등이 발생한다. '있음'은 그 자체로 있을 뿐이다. '있음'과 '없음'은 이어져 있으며 단독으로 존재하지도 존속하지 않는다. 삶과 죽음처럼 맞닿아 있는 모든 것은 불가분의 관계를 가지고 있으며 이런 경계를 명확히 하며 생기는 구분과 차별, 치우친 사고로 사회, 정치적인 갈등이 발생하는 단초를 주기 때문이다.

　시인은 '붉음'이라는 의미망의 경계에 핀 나무다. 나무는 계속 성장한다. 기존의 공간에서 끊임없이 새로운 구조나 체계의 가치를 추구하는 나무는 재영토화하는 사원寺院이다. 절정의 꽃을 피우며 지는 순간을 모두 가지며 그 순간들은 기억을 바탕으로 지속하지만 머물지 않는다. 단지 '지금', '여기'에 집중할 뿐이다. '지금', '여기'는 과거의 시간과 기억을 바탕으로 한 사유의 일부와 편린이 끊임없이 재구성되며 스펙트럼처럼 펼쳐진 시간에서 감각하는 모든 현상은 토폴로지(topology)라는 앎으로 귀결한다. 감각이 습득하는 모든 현상에 대하여 기울어진 구분이 아닌 바른 분간으로 조망眺望하는 시인은 편년체編年體의 느낌을 주기도 하는 작품 「화살」, 「촉」에서 느낄 수 있듯이 올곧게 정진하며 사유할 것을 말하고 있다.

1. 색채용어사전 (도서출판 예림, 2007)
2. 말러(M.Mahler)의대상관계이론